AF335781

NOTICE

D'OUVRAGES ANCIENS ET MODERNES

PRINCIPALEMENT SUR PARIS

DONT LA VENTE AURA LIEU

Le Jeudi 20 Novembre 1879

A 7 HEURES 1/2 PRÉCISES DU SOIR

Rue des Bons-Enfants, 28, maison Silvestre

SALLE 1

Par le ministère de Me MAURICE DELESTRE

COMMISSAIRE-PRISEUR

Successeur de M. DELBERGUE-CORMONT

27, rue Drouot

PARIS

ADOLPHE LABITTE

LIBRAIRE DE LA BIBLIOTHÈQUE NATIONALE

4, RUE DE LILLE

—

1879

LES
MONUMENTS MÉGALITHIQUES
DE TOUS PAYS
LEUR AGE ET LEUR DESTINATION

Par JAMES FERGUSSON

Ouvrage traduit de l'anglais par M. l'abbé **HAMARD**, prêtre de l'Oratoire de Rennes, membre de plusieurs Sociétés savantes.

Un beau volume in-8° raisin, orné de 230 gravures, avec des notes du traducteur.

PRIX : 10 FRANCS.

Un mot suffit pour recommander la lecture de l'ouvrage de M. Fergusson : c'est le seul travail d'ensemble qui existe sur la question des monuments que jadis l'on appelait celtiques. A lui seul il remplace toutes les monographies qui ont été publiées, en Europe ou ailleurs, sur ces divers monuments, et il les remplace avec avantage ; car ce n'est que par le rapprochement des faits que l'on peut, en semblable matière, aboutir à des conclusions sérieuses. Nul homme n'était plus autorisé que M. Fergusson à déduire ces conclusions. Auteur de nombreux ouvrages sur l'archéologie, parfaitement au courant de toutes les découvertes et de toutes les publications récentes, ayant étudié sur les lieux mêmes bon nombre des monuments dont il parle, il était plus que personne en mesure de faire ce travail comparatif qui seul peut conduire à des résultats satisfaisants.

L'école archéologique moderne s'était servie de ces monuments comme d'une arme contre la chronologie biblique : M. Fergusson fournit la réponse à ces téméraires assertions, et son jugement est d'autant plus remarquable, qu'il ne lui a été dicté par aucune préoccupation apologétique. C'est une nouvelle preuve que la science abandonnée à elle-même finit toujours, lorsqu'elle est sincère, par tomber d'accord avec la vérité révélée.

Imp. D. BARDIN, à Saint-Germain.

CONDITIONS DE LA VENTE

1º La vente se fait expressément au comptant ;

2º Les acquéreurs payeront, en sus des enchères, 5 cent. par franc applicables aux frais ;

3º Il y aura exposition, le jour de la vente, de deux à quatre heures.

4º Le libraire chargé de la vente remplira les commissions des personnes qui ne pourraient y assister.

NOTICE

D'OUVRAGES ANCIENS ET MODERNES

PRINCIPALEMENT SUR PARIS

PARIS

1. Plan de Paris, publié en 1652, par Jacques Gombouc̣t et la notice, in-12, d.-rel. v. f. *Paris, Techener*, 1858, album in-folio, demi-rel. chagrin rouge.

   Publié par la Société des Bibliophiles français.

2. (Louis Bretez). Plan de Paris en perspective (commencé sous les ordres de Turgot et achevé en 1739). *Paris*, 1740, gr. in-fol., 20 cartes, v. marb. dent., tr. dor. (*Aux armes de la ville de Paris.*)

3. Le Théâtre de la ville de Paris en 8 plans, publiés par MM. de La Mare et de Fer. *Amsterdam et Leipzig, chez Arksteé et Merkus*, 1755, album in-folio, demi-rel. basane.

4. Plan de la ville et fauxbourgs de Paris, divisé en 20 quartiers, dédié et présenté à messire Camus de Pontcarré, prévôt des marchands, par Deharme, topographe du roy. *Paris*, 1763, in-4, 24 planches grav., demi-rel. chagr. br.

5. Atlas du plan général de la ville de Paris, par le
citoyen Verniquet. *Paris*, an IV, gr. in-fol., demi-
rel. basane verte.

72 planches.

6. Paris, ses fauxbourgs et ses environs, où se trouve
le détail des villages, grands chemins pavez et
autres, des hauteurs, bois, vignes, terres et prez ;
levez géométriquement par le sieur Roussel, capi-
taine-ingénieur. *A Paris, chez Goujon*, s. d., grande
carte collée sur toile.

7. Atlas administratif de la ville de Paris, par Maire,
géographe. *Paris, Lottin de Saint-Germain*, 1821,
in-4, cart. (14 plans.)

8. Nouveau plan de Paris, illustré par Leynadier.
Paris, Morel, 1855, in-8, cartes, relié percaline.

9. Mémoires de la Société de l'histoire de Paris et de
l'Ile-de-France. *Paris, N. Champion*, 1875, 1878,
6 vol. in-8, br. et fascicules.

10. Mémoire sur les antiquités romaines et gallo-ro-
maines de Paris, par M. Jollois. Extrait d'un mémoire sur les antiquités, l'abbaye et les églises de
Montmartre, par M. Ferdinand de Guilhermy,
in-4, cart., cartes.

Extrait du 1er vol. des Antiquités de la France, de la collection des Mémoires de l'Académie des Inscriptions et

Belles-Lettres de l'Institut de France. *Paris, Impr. royale*, 1843.

On trouve encore dans le même vol. :

Mémoire sur l'ancien monastère de Saint-Orens, à Auch, par M. Du Mege.

Recherches sur l'ancienne constitution municipale de Perpignan, par M. Henry.

Essai sur le feu grégeois et sur l'introduction de la poudre à canon en Europe et principalement en France, par M. Lalanne.

11. Dissertation sur les Parisii ou Parisiens et sur le culte d'Isis chez les Gaulois, par J. N. Deal. *Paris, Firmin Didot fr.*, 1826, in-8. — Chronique métrique de Godefroy de Paris, publié par J. A. Buchon. *Paris, Verdière*, 1827, in-8. — Etudes sur Gilles Corrozet et sur deux anciens ouvrages relatifs à l'histoire de Paris, par A. Bonnardot. *Paris*, 1848, in-8. — Bibliographie historique et topographique de la ville de Paris, par A. Girault de Saint-Fargeau. *Paris*, 1847, in-8, ens. 4 vol. in-8, demi-rel.

12. Collection de plombs historiés, trouvés dans la Seine et recueillis par Arthur Forgeais. *Paris, Aubry*, 1862, 1866, 5 séries en 5 vol. in-8, brochés, nombr. figures de médailles.

Mereaux des corporations de métiers. — Enseignes de pèlerinages. — Variétés mumismatiques. — Imagerie religieuse. — Numismatique populaire.

13. Traité de la police, où l'on trouve l'histoire de son établissement, les fonctions et les prérogatives de ses magistrats, par M. Delamarre. *Paris, chez Michel Brunet*, 1722-1738, 4 vol. in-folio, v. marbr.

14. La police de Paris dévoilée, par Pierre Manuel. *Paris, l'an second*, 2 vol. in-8, cart. front., dos de toile.

15. Histoire générale de Paris. — Collection de documents par M. le baron Haussmann, préfet de la Seine. *Paris, Imprimerie impériale et nationale*, 1866-1873, ens. 14 volumes in-4 et 2 vol. in-fol. cartonnés.

Introduction, 2 vol. — Paris en 1380, par M. Legrand, 1 vol. — Le bassin Parisien aux âges antéhistoriques par E. Belgrand, 1 vol de texte et 2 vol. de planches. — Topographie historique du vieux Paris, par Ad. Berty. Région du Louvre et des Tuileries, 3 vol. (le tome premier est double). Paris et ses historiens, recueillis et commentés par Le Roux de Lincy, 1 fort vol. — Le Cabinet des manuscrits de la Bibliothèque impériale, par Léopold Delisle, tome 1er, 1 vol. — Les anciennes bibliothèques de Paris, églises, monastères, collèges, etc., par Alf. Franklin, 3 vol.— Topographie historique du vieux Paris. Plan de restitution, atlas in-fol. de 4 planches. Plan de Paris sous le règne de Henri II, reproduit en fac-simile, par M. F. Hoffbaüer. *Paris, Champion*, 1877. Atlas in-folio de 8 planches.

16. Les Antiquités, chroniques et singularités de Paris, par G. Corrozet. *Paris, Gilles Corrozet*, 1561, petit in-8, demi-rel. basane.

17. Les Antiquités, chroniques et singularités de Paris, par Gilles Corrozet. *A Paris, chez Bonfons*, 1586, pet. in-8, fig., v. antiq.

18. Les Fastes, Antiquités et choses plus remarquables de Paris. *Paris, par Pierre Bonfons*, 1605, pet. in-8, derelié.

Exemplaire défectueux.

19. Le Théâtre des antiquités de Paris, divisé en 4 livres par le R. P. J.-Jacques de Brevil, parisien, religieux de Saint-Germain des Prez. *A Paris, chez P. Chevalier*, 1612, tranches marbrées et dorées, in-4, portrait, v. ant.

20. Les Antiquités de la ville de Paris (par Jacques de Breuil et Claude Malingre). *Paris, chez P. Rocolet*, 1640, in-folio, demi-rel. v. antiq.

21. Nouvelles Annales de Paris, jusqu'à Hugues Capet, par Dom Toussaint du Plessis. *Paris, Lottin et Butard*, 1753, in-4, v. marbr.

22. Histoire et Recherches des antiquités de la ville de Paris, par Sauval. *A Paris, Moette*, 1724, 3 volumes in-fol., v. marbr.

23. Histoire de la ville et de tout le diocèse de Paris, par l'abbé Lebeuf. *Paris, Prault*, 1754-1758, 15 vol. in-12, v. antiq.

24. Histoire de la ville de Paris, composée par D. Michel Felibien, revue, augmentée et mise au jour par D. Guy Alexis Lobineau. *Paris, Desprez*, 1725, 5 vol. in-fol., frontispice gr., v. antiq. marbr. (plan au 1er volume).

25. Essais historiques sur Paris, par M. de Saint-Foix. *Paris, Duchesne*, 1776-1777, 7 vol. in-12, portrait, v. marbr.

26. Tableau historique et pittoresque de Paris, depuis les Gaulois jusqu'à nos jours, par J.-B. de Saint-Victor. *A Paris*, 1809, 3 vol. in-4, nombr. planches gravées, demi-rel. avec coins chagrin rouge.

27. Histoire physique, civile et morale de Paris, par J. A. Dulaure. *Paris, Guillaume*, 1824, 10 vol. in-8, figures et atlas in-8 obl., demi-basane.

28. Histoire de Paris par G. Touchard Lafosse. *Paris, Krabbe*, 1833-1834, 5 vol in-8, figures, cart., toile verte.

29. Paris ancien et moderne, par J. de Marlès. *Paris, Parent Desbarres*, 1838, 3 vol. in-4 et atlas, demi-rel. v.

30. Nouvelle Histoire de Paris et de ses environs, par J. de Gaulle, avec introduction par Ch. Nodier. *Paris, Pourrat*, 1841, 5 vol. grand in-8, gravures sur acier, demi-rel. basane viol.

31. La grande Ville, nouveau tableau de Paris comique, critique et philosophique, par Paul de Kock, Balzac, Dumas, Soulié, H. Monnier et illustrations de Gavarni, Daumier, etc. *Paris, Marescq*, 1844, 2 tomes reliés en 1 vol. in-8, figures, demi-basane verte, plats toile, tr. jasp.

32. Le nouveau Paris ou Histoire de ses 20 arrondissements, par de Labedollière, illustrations de Gus-

tave Doré. *Paris, Barba*, in-4, texte à 2 col., cartes
color. et nombr. figures, demi-rel. chagrin vert,
plats toiles, tr. marbr.

33. Tableau de Paris, par Edmond Texier. *Paris,
Paulin et le Chevalier*, 1852. 2 tomes en un volume in-folio, nombr. gravures sur bois interc. dans
le texte, demi-rel. basane rouge.

34. Paris sous Philippe-le-Bel, d'après des documents
originaux publiés par H. Géraud. *Paris, Crapelet*,
1837, in-4 cart.

De la collection des *Documents inédits sur l'Histoire de
France*.

35. Description nouvelle de la ville de Paris, par
Germain Brice. *Paris, Nicolas Legras*, 1698, 2
vol. in-12, carte, v. antiq.

36. Nouvelle description de la ville de Paris, par Germain Brice. *Paris, Gandouin*, 1725, 4 vol. in-12,
nombr. planches gravées, v. antiq.

37. Paris en 1742. Album in-4, obl. bas. viol.

Recueil de 22 vignettes de Scotin, coloriées avec soin et
remontées, et 10 figures représentant des vues de monuments, gravées par Aveline.

38. État ou tableau de la ville de Paris (par de Jeze,
avec une préface par Ch. Etienne Pesselier). *A Paris, chez Rault*, 1760, in-8, carte, v. antiq. fil.

39. Description historique de la ville de Paris et de
ses environs, par M. Piganiol de la Force. Paris,
1765, 10 vol. in-12, v. marbr.

40. Dictionnaire Historique de la ville de Paris et de
ses environs. *Paris, Moutard,* 1779, 4 vol. in-8,
v. marbr.

41. Recherches critiques, historiques et topographi-
ques sur la ville de Paris, avec le plan de chaque
quartier, par le sieur Jaillot, géographe du Roi. *A
Paris, chez Le Boucher,* 1782, 7 vol. in-8, cartes,
v. gran. fil., tr. marb.

42. Tableau de Paris (par Mercier). *Amsterdam,*
1783-1788, 12 tomes en 6 vol. in-8, basane fil.

43. Le nouveau Paris, par Mercier. *Paris, chez Huchs,*
5 tomes en 2 vol. in-8 cart.

44. État actuel de Paris ou le provincial à *Paris.
Watin,* 1789, 4 vol. in-24 avec 5 cartes, cart. toile.

Quartiers Notre-Dame-du-Louvre, Saint-Germain et du
Temple.

45. Dernier tableau de Paris ou Récit historique de
la révolution du 10 août 1792, par J. Peltier. *A
Londres, Elmsly,* 1794, 2 vol. in-8, portraits, basane.

46. Précis des faits et observations relatifs à l'inonda-
tion qui a eu lieu dans Paris, en frimaire et ni-

vôse de l'an X de la République française, par le citoyen Bralle. *Paris, Bertrand-Pottier*, 1803, in-4 cartonné.

Exemplaire sur papier bleu.

47. Miroir historique, politique et critique de l'ancien et du nouveau Paris et du département de la Seine, par L. Prudhommme. *Paris*, 1807, 6 vol. in-8, cartes, demi-rel. basane.

48. Dictionnaire historique de Paris, par Beraud et Dufey. *Paris, librairie nationale et étrangère*, 1825, 2 vol. in-8, demi-rel. basane rouge, tr. mar.

49. Nouveau tableau de Paris au XIXe siècle. *Paris, Charles Béchet*, 1835, 7 tomes en 4 vol. in-8, demi-rel. basane vert.

Le 5e vol. n'est pas de reliure uniforme.

50. Histoire de la Bourgeoisie de Paris, par M. Francis Lacombe. *Paris, Amyot*, s. d., ens. 5 vol. in-8, br.

Les bourgeois célèbres de Paris, 1 vol. — La bourgeoisie en lutte avec l'aristocratie et la royauté et le prolétariat, et pendant les guerres de religion, 3 vol. — Etienne Marcel et le gouvernement de la Bourgeoisie, par F. T. Perrens.

51. Ouvrages divers sur la ville de Paris. — Ens. 15 vol. in-12 et in-16, v. antiq.

Abrégé des annales de la ville de Paris (par Colletet). *Paris*, 1664. — Dictionnaire des rues de Paris, par J. de la

Tynna, 1816. — Géographie parisienne en forme de dictionnaire, 1754. — Les curiosités de Paris, de Versailles, de
Vincennes, Saint-Cloud, etc., 1716. — Voyage pittoresque
de Paris, par d'Argenville, 1778. — La promenade utile et
récréative de deux Parisiens en 65 jours, 1768. — Essais
historiques sur Paris, 1805, 2 vol. — Histoire de la Bastille,
par de Renneville, 1715.—Projet des embellissements de la
ville et fauxbourgs de Paris, par M. Poncet de la Grave, 1756.
— Description des curiosités de Paris, par Dulaure, 1787,
2 vol., etc., etc.

52. Ouvrages divers sur l'histoire de Paris, ses monuments et ses environs. 30 vol. in-8, in-12 et in-16,
reliés, cart. et broch.

Histoire de Paris, par Th. Muret. *Paris*, 1851, in-12. —
Paris municipe, ou tableau de l'administration de Paris,
depuis les temps les plus reculés jusqu'à nos jours, par Alex.
de Lafont. *Paris*, 1833, in-8 br. — Paris, tableau moral et
philosophique, par M. Fournier Verneuil. *Paris*, 1826, in-8.
— Recueil des facéties parisiennes, 1760, in-8. — Paris à
la fin du xviiie siècle, par Pujoulx. *Paris*, 1801. — Description de la ville de Paris au xve siècle, par Guillebert de
Metz, publié par M. Le Roux de Lincy. *Paris*, *Aubry*, 1855,
in-12. — Sur la porte de l'hôtel Clisson, servant d'entrée à
l'Ecole nationale des Chartres, par J. Quicherat. *Paris*,
1848. — L'Hôtel de Ville et la Bourgeoisie de Paris, par
F. Rittiez. *Paris*, 1862. — Paris, son administration ancienne et moderne, par L. Lazare, 1856. — Le Conducteur
de l'étranger à Paris, par J. M. Marchant, 1815, figures. —
Itinéraire archéologique de Paris, par M. J. de Guilhermy,
1855, figures. — Paris anecdote, par Privat d'Anglemont,
1860. — Remarques historiques sur la Bastille, 1783. — Les
Quinze-Vingts, par l'abbé J. L. Trompsault, 1863. — Notice
sur l'Ile Saint-Louis, par l'abbé Pascal, 1841. — La salle
de théâtre de Molière au port Saint-Paul, par Collardeau,
1876, figures. — La rue du Puits-qui-Parle, par F. Fabre.
Dentu, 1874. — Histoire de la Sorbonne, par l'abbé J. Du-
vernet, 1791, 2 vol. in-12. — Notices sur l'hôtel de Cluny et
sur le palais des Thermes, 1834. — Le Châtelet de Paris,

par Ch. Desmazes, *Didier*, 1870. — Mémoires historiques
sur la statue équestre de Henri IV, par J. Lafolie, 1819. —
Rapport sur les exhumations du cimetière et de l'église des
Saints-Innocents, par M. Thouret, 1789. — Histoire du Palais-Royal, 1830. — Les Tuileries, par J. Lemer ; le Luxembourg, par M. Alhey. Le Palais-Royal, par L. Lurine. Les
Halles, par Alex. de Bargemont. Les Nuits parisiennes, par
Eug. de Mirecourt. Le Carnaval, par Benj. Gastineau. *Paris*,
Gust. Havard, 1855. — Le Gibet de Montfaucon, par Firm.
Maillard. *Paris*, *Aubry*, 1863. — Recherches et considéra-
tions sur la rivière de Bièvre ou des Gobelins, 1822. — Paris
en miniature, 1874. — Le tour de la Vallée, histoire et description, par Lefeuvre, 1856. — La Villageoise à Paris, etc.

53. Dictionnaire historique et descriptif des monuments
de Paris, par B. de Roquefort. *Paris*, 1826, in-8,
demi-rel. avec coins mar. La Vall. — Histoire de
Paris, par J.-L. Belin et A. Pujol. *Paris*, 1843,
in-4, demi-rel. avec coins mar. fauve, dos orné, fil
doré en tête maroq. — Les Curiosités de Paris, par
Ch. Virmaître. *Paris*, 1868, in-12 demi-rel. v. f.

54. Histoire de l'église Sainte-Geneviève, par l'abbé
Ch. Ouin-Lacroix. *Paris*, 1822, in-8. — Recherches sur la bibliothèque de l'église Notre-Dame de
Paris au XIII° siècle, par Alf. Franklin. *Paris*,
Aug. Aubry, 1863, pet. in-8. — Les Églises et
monastères de Paris, pièces en prose et en vers publiées par M. L. Bordier. *Paris*, *Aubry*, 1856, in-
12. — Notice historique sur Saint-Étienne du Mont,
par l'abbé Faudet. *Paris*, 1840. — Le Carmel de
Vaugirard, par Ferd. Fabre. *Paris*, 1874. — Ens.
5 vol. in-8 et in-12, rel. et br.

55. Mémoire historique sur le dôme du Panthéon

français, par J. Rondelet. *Paris*, 1797, in-4. — Plan géographique et Précis historique des agrandissements et embellissements de Paris, in-4. — La Topographie de Paris, ou plan détaillé de la ville et de ses faubourg. *Paris*, 1808, in-8 cart. — Etude sur le plan de Paris de 1540, dit plan de tapisserie, par Alf. Franklin. *Paris, Aug. Aubry*, 1839, pet. in-8. — Ens. 4 vol. in-4 et in-8.

56. Paris dansant, par J Rousseau. *Paris, Michel Lévy frères*, 1862. — Paris original, Collégiens, étudiants et Mercadets pour rire, par Ed. Martin. *Paris, Giraud*, 1853. — Arnould Frémy. Les Maîtresses parisiennes. *Paris, Libr. nouv.*, 1856. — Les Petits Mystères de l'Opéra, par Albéric Second. *Paris*, 1844. — Ens. 5 vol. in-8 et in-12, br. et reliés.

57. Ce qu'on voit dans les rues de Paris, par V. Fournel; Curiosités de l'histoire du vieux Paris, par P. Lacroix; Paris inconnu, par A. Privat d'Anglemont. *Paris, Adolphe Delahays*, 1858. — Les Maisons comiques, par Ch. Virmaître. *Paris*, 1868, figures, ens. 4 vol. in-12 br.

58. Le Géographe parisien, ou le Conducteur des rues de Paris (par Le Sage). *Paris, Valleyre*, 1769, 2 vol. pet. in-12, cartonné, cartes.

59. Guide des amateurs et étrangers voyageurs à Paris, par M. Thiéry. *Paris, Hardouin et Gattey,*

1787, 2 tomes en 4 vol. in-12, fig., demi-rel. bas. antiq.

60. Les Étrangers à Paris, par Louis Desnoyers, etc.; illustrations de MM. Gavarni, Th. Frère, H. Emy, Th. Guérin, Ed. Frère. *Paris, Ch. Warée*, gr. in-8, fig., demi-rel. chagr. viol.

61. Dictionnaire administratif et historique des rues de Paris et de ses monuments, par Félix et Louis Lazare. *Paris*, 1844, in-4, texte à 2 col., demi-rel. basane, plats papier.

62. Les Rues de Paris, origine, histoire, monuments, costumes, mœurs, chroniques, etc., par Louis Lurine. *Paris, Kugelmann*, 1844, 2 vol. gr. in-8, fig., demi-rel. basane verte.

63. Paris guide, par les écrivains et artistes de la France. *Paris, Lacroix et Verboeckhoven*, 1867, 2 gros vol. in-12, nombr. grav., cart. toile.

Première partie. — La science, l'art.
Deuxième partie. — La vie.

64. Les Anciennes Maisons de Paris sous Napoléon III, par M. Lefeuve. *Paris*, 1873, 5 vol. in-8, demi-rel. veau fauve, n. rog.

65. Cartulaire de l'église Notre-Dame de Paris, publié par M. Guérard. *Paris, Crapelet*, 1850, 4 vol. in-4 cart.

De la collection des *Documents inédits sur l'Histoire de France*.

66. Histoire de l'abbaye royale de Saint-Germain des Prés, par dom Jacques Bouillart, religieux bénédictin de la congrégation de Saint-Maur. *Paris, chez Grégoire Dupuis,* 1724, in-folio, plans et fig., v. marbr.

67. Notice sur la paroisse de Saint-Nicolas des Champs à Paris, origine historique et description de son église, par l'abbé Pascal. *Paris, Lagny,* 1841, in-8, demi-rel. v. vert.

68. Essai d'une Histoire de la paroisse Saint-Jacques de la Boucherie (par M. l'abbé Villain). *Paris, chez Prault père,* 1758, in-12, fig., demi-rel. veau fauve, tr. peigne.

69. Ordre d'administration pour le soulagement des pauvres de la paroisse Saint-Sulpice. *Paris, Crapart,* 1777, in-12 v. marbr.

70. Histoire critique de Nicolas Flamel et Pernelle, sa femme, par M. L. V. (l'abbé Villain). *A Paris, chez Desprez,* 1761, in-12, fig. v. antiq.

71. Docteur Briois. — La Tour Saint-Jacques de Paris. *Paris, Dubuisson,* 1864, 3 vol. in-8, br.

72. La Cour du Dragon à Paris, notice par un flâneur parisien (Jules Cousin). *Paris,* 1866, plaq. in-8 de 7 pages, 3 eaux-fortes par Martial, demi-rel. avec coins cuir de Russie, dor. en tête, n. rog.

73. Des anciennes fourches patibulaires de Montfaucon,
par A. de Lavillegille. *Paris*, *Techener*, 1836,
in-8, fig., demi-rel. chagrin rouge.

74. Le Charnier de l'ancien cimetière Saint-Paul, étude
historique par l'abbé Dufour. *Paris*, *Revue universelle des Arts*, 1866, gr. in-8, pap. de Holl., 41 p.,
demi-rel. mar. bleu, dorée en tête, n. rog.

75. Les Hôtels historiques de Paris, par Georges Bon-
nefons, illustrations par MM. Célestin Nanteuil,
D'Aubigny, Bertall, Rouargue, Beaucé, H. Dubois.
Paris, *Lecou*, 1852, pet. in-4, demi-rel. veau fauve,
n. rog.

76. Histoire de l'Hôtel de Ville de Paris, par Le Roux
de Lincy, ouvrage orné de 8 planches dessinées et
gravées sur acier par V. Calliat. *Paris*, *Dumoulin*,
1846, 2 parties en 1 vol. in-4 demi-rel. avec coins
mar. vert, doré en tête, n. rog.

77. Hôtel de Ville de Paris. — Tableau des fêtes
données en l'honneur de la reine Victoria. *Paris*,
Mourgues, 1856, album in-folio, percaline bleue.

Texte et 22 planches en photographie.

78. Vues du Palais-Royal. Album in-folio, demi-rel.
chagrin brun, et atlas in-4 de 6 plans.

25 planches lithographiées.

79. Histoire et description du Palais de Justice, de la

Conciergerie et de la Sainte-Chapelle, par Sauvan et Schmit. *Paris, Engelman*, 1825, in-folio, demi-rel. bas. viol. 1.

11 planches et vignettes lithographiées.

80. Hôtel de la Présidence, actuellement hôtel de la Préfecture de police. Recherches historiques par M. E. Labat. *Paris, Lottin de Saint-Germain*, 1844, gr. in-8, fig., demi-rel. basane.

81. Histoire du Châtelet et du Parlement de Paris, par Constantin Gérard. *Paris, Cognet*, 1847, gr. in-8, gravures, demi-rel. chagrin rouge, tr. marbr.

82. L'Hôtel de Beauvais, rue Saint-Antoine, par Jules Cousin. *Paris*, 1865, in-8 br., gravure à l'eau-forte.

Tiré à petit nombre. — Exemplaire sur *grand papier*.

83. Le Palais du Luxembourg. Origine et description de cet édifice, principaux événements dont il a été le théâtre depuis sa fondation jusqu'en 1845, par Alphonse de Gisors. *Paris, Plon*, 1847, in-4, fig., cart.

84. L'Hôtel de Cluny au moyen âge, par Mme de Saint-Surin. *Paris, Techener*, 1835, in-12, demi-rel. v. vert.

85. L'Hôtel des Haricots, maison d'arrêt de la garde nationale de Paris, par Albert de Lasalle; 70 dessins

par Edm. Morin. *Paris, Dentu*, s. d., in-12 carré, fig., demi-rel. chagrin viol., n. rog.

86. Description des Catacombes de Paris, par L. Hericart de Thury. *Paris, Bossange et Masson*, 1815, in-8, cartes, demi-rel. basane.

87. Edit du Roi pour le règlement des imprimeurs et libraires. *Paris, Denys Thierry*, 1687, v. antiq.

88. Le Dr L. Véron. — Mémoires d'un Bourgeois de Paris. *Paris, Librairie nouvelle*, 1856, 5 vol. in-18 reliés demi-rel. basane viol.

89. Histoire physique, civile et morale des environs de Paris, par J.-A. Dulaure. *Paris, Guillaume*, 1828, 7 vol. in-8, fig., demi-basane.

90. Histoire de Saint-Maur-des-Fossés et des communes des cantons de Charenton, Vincennes et Boissy-Saint-Léger, par Z.-J. Pierart. *Paris, Claudin*, 1876, 2 vol. in-8 br., nombr. gravures.

OUVRAGES EN DIVERS GENRES

91. Codes français et Lois nouvelles, par H.-F. Rivière. *Paris, Marescq*, 1876, fort vol. gr. in-8, texte à 2 col., demi-rel. chagrin viol., tr. jasp.

92. Essais de Montaigne, suivis de sa correspondance,
    édition Variorum accompagnée d'une notice biogra-
    phique, de notes historiques, etc., par Ch. Louandre.
    Paris, Charpentier, 1854, 4 vol. in-12 br.

93. Fundamentum scholarium. *Coloniæ, per Henri-
    cum Quentel*, 1498, in-4 goth. parchemin.

94. La Science pour tous, journal illustré. *Paris*, an-
    nées 1856 à 1865, 10 vol. in-4, texte à 2 col.,
    nombr. gravures, demi-rel. basane viol.

95. Dictionnaire de médecine, de chirurgie, de phar-
    macie, par Littré et Robin. *Paris, J.-B. Baillière*,
    1873, gr. in-8, texte à 2 col. illustr. de nombr. fig.
    interc. dans le texte, demi-rel. chagrin viol., plats
    toile, tr. jasp.

96. De la Prostitution dans la ville de Paris, par A.-
    J.-B. Parent-Duchatelet. *Paris, J.-B. Baillière et
    fils*, 1857, 2 vol. in-8, portrait, demi-rel. veau fauve.

97. De la Prostitution au dix-neuvième siècle, par le
    docteur Jeannel. *Paris, Baillière*, 1868, in-12 br.
    — La Prostitution à Paris et à Londres, 1789-1871,
    par C.-J. Lecour. *Paris, P. Asselin*, 1872, in-12
    broché.

98. Maison rustique du dix-neuvième siècle, avec 2,500
    grav. représentant les instruments, machines, appa-
    reils, races d'animaux, plantes, légumes, serres,
    bâtiments ruraux, et terminé par des tables méthodi-

ques et alphabétiques, sous la direction de MM. Bailly,
Bixio et Malpeyre. *Paris, Librairie agricole*, 5 vol.
in-4, br., fig.

99. Manuel de l'amateur des jardins. Ouvrage accom-
pagné de figures dessinées par A. Riocreux, gravées
par F. Leblanc; par MM. J. Decaisne et Ch. Nau-
din. *Paris, Firmin Didot*, 4 vol. pet. in-8, br.

100. Le Livre de cuisine, comprenant la cuisine de
ménage et la grande cuisine, avec 25 planches imprimées en chromolithographie et 161 vignettes sur
bois, par Jules Gouffé. *Paris, Hachette*, 1867, gr.
in-8, fig., demi-rel. chagrin vert, plats toile, tr.
jasp.

101. Portefeuille du comte de Forbin, directeur général des Musées de France, contenant ses tableaux,
dessins, esquisses les plus remarquables, avec un
texte rédigé par M. le comte de Marcellus. *Paris,
Challamel*, 1843, in-4, figures lithographiques,
demi-rel. chagrin vert.

102. Dictionnaire de l'Académie française. *Paris,
Firmin Didot*, 1836, 2 vol. in-4°, demi-veau vert.

103. Dictionnaire historique de l'Ancien langage
françois ou Glossaire de la langue françoise, depuis
son origine jusqu'au siècle de Louis XIV, par La
Curne de Sainte-Palaye. *Paris, Champion*, 39 fascicules in-4.

104. Dictionnaire étymologique de la langue fran-

çaise, par B. de Roquefort. *Paris, Decourchant*, 1829, 2 vol. in-8, demi-basane viol.

105. Dictionnaire de la langue française, par Littré. *Paris, Hachette*, 1873, 4 vol. in-4, demi-rel. chagrin viol., plats toile, tr. jasp.

106. Ouvrages divers sur la langue française, ens. 12 vol. in-8° et in-12 brochés, dont 2 en demi-rel. chagr. rouge.

Histoire des origines de la langue française, par M. A. Granier de Cassagnac. *Paris, Firmin Didot*, 1872. — Dictionnaire étymologique de la langue française, par Brachet. *Paris, Hetzel*. — Grammaire historique de la langue française (par le même). *Paris, Hetzel*. — Histoire de la langue française, par E. Littré. *Paris, Didier*, 1863, 2 vol. in-12. — La Langue française, par M. Pellissier, *Paris, Didier*, 1866. — Histoire de la Grammaire, par Hipp. Cocheris, etc.

107. Dictionnaire historique, étymologique et anecdotique de l'argot parisien avec illustrations. *Paris, F. Polo*, 1872, in-4, texte à 2 col. fig., demi-rel. basane viol.

108. Glossaire étymologique et comparatif du patois picard ancien et moderne, par l'abbé J. Corblet. *Paris, Dumoulin*, 1851, in-8, demi-rel. basane verte.

109. Dictionnaire rouchi-français, par G.-A.-J. Hécart. *Valenciennes, Lemaître*, 1834, in-8, demi-rel. v. antiq.

110. Vocabulaire du Berry et de quelques cantons voisins. *Paris*, 1842, in-8. — Vocabulaire du patois lillois, par L. Vermesse. *Lille* (1856), in-8. — Vocabulaire austrasien, par Don Jean François. *Metz*, 1773, in-8. — Dictionnaire du patois de Lille, par M. Pierre Legrand. *Lille*, 1856, in-8. — Ens. 4 vol. in-8 reliés et br.

111. Béranger. — Dernières Chansons (1834 à 1851), 1 vol. — Correspondance recueillie par Boiteau, 4 vol. — Ma Biographie, 1 vol. *Paris, Perrotin*, 1857-1860, ens. 6 vol. in-8 br.

112. Poésies en patois du Dauphiné. Grenoblo Malhérou, par Blanc dit La Goutte, dessins de D. Rahoult, gravures de E. Dardelet, préface par Georges Sand. *Grenoble*, 1864, in-4 broché.

112 *bis*. Chansons et Pasquilles lilloises avec musique, par Desrousseaux. *Lille*, 1865, 4 vol. grand in-12, brochés.

112 *ter*. Théâtre français au moyen âge, publié par Monmerqué et Francisque Michel. *Paris, Firmin Didot fr.*, 1842, gr. in-8, texte à 2 col., broché.

113. Études sur les mystères, monuments historiques et littéraires la plupart inconnus, et sur divers manuscrits de Gerson, par O. Le Roy. *Paris, Hachette*, 1837, in-8, basane viol.

114. Histoire comparée du Théâtre et des Mœurs en

France, par Onésime Leroy. *Paris, Hachette et Amyot*, 1844, in-8, v. violet dent.

115. Almanach historique et chronologique de tous les spectacles de Paris (ou Calendrier historique et chronologique des théâtres). *A Paris, chez Duchesne*, 1752-1816, 46 vol. in-18, demi-rel. v. antiq.

La reliure est uniforme sauf pour l'année 1757.

116. Œuvres complètes de Molière, publiées par M. Philarète Chasles. *Paris, Librairie nouvelle*, 1856, 5 vol. in-18. demi-rel. basane verte.

117. Amphitryon, comédie par J.-B. P. de Molière, *A Paris, chez Jean Ribou*, 1668, in-12, titre, 4 ff. prélim. et 88 pages, dérelié.

ÉDITION ORIGINALE.
Exemplaire rogné à la lettre.

117 *bis*. La Mort d'Achille et la dispute de ses armes, tragédie (par de Benserade). *Paris*, 1636, in-4° rel. — Cyminde ou les deux victimes, tragi-comédie, par M. Colletet. *Paris*, 1642, in-4 rel. — Eudoxe, tragi-comédie, par M. de Scudéry. *Paris*, 1641, in-4 rel. — Jephté, tragédie tirée de l'Écriture sainte. *Paris*, 1733, in-4 br. — Omphale, tragédie. *Paris*, 1733, in-4 br. — Le Carnaval et la Folie, comédie-ballet. *Paris*, 1733, in-4 br. — Zaïde, reine de Grenade, ballet héroïque. *Paris*, 1739, in-4° br. — Ens. 7 pièces in-4.

117 *ter*. Cenie, pièce en 5 actes (par Mme d'Happon-
court de Graffigny). *A Paris, chez Cailleau*, 1751,
pet. in-8, titre gravé et figure par Fessard, d'après
le dessin de Le Lorrain, v. antiq.

117 *quater*. Debureau. — Histoire du théâtre à quatre
sous. *Paris, Gosselin*, 1832, 2 tomes en un vol.
in-12, front. et vign., chagrin vert, tranches dorées.

Exemplaire relié avec les couvertures imprimées.

118. Histoire des petits théâtres de Paris, par Brazier.
Paris, Allardin, 1838, 2 tomes en un vol. in-16,
demi-rel. basane viol.

119. Théâtre de Eugène Scribe. *Paris, Michel Lévy
fr.*, 1856, 11 volumes in-12 cart., percaline, tr.
jasp.

120. Théâtre de J.-F. Bayard, précédé d'une notice
par M. Eugène Scribe. *Paris, Hachette*, 1855-
1858, 12 vol. in-12 brochés.

121. Alexandre Dumas fils. — Théâtre complet. *Paris,
Michel Lévy*, 1868-1870, 4 vol. in-12.

122. Bibliothèque dramatique de M. de Soleinne, ca-
talogue rédigé par P. Lacroix. *Paris, Alliance des
Arts*, 1844, 5 tomes en 4 in-8, demi-rel. basane.

123. Œuvres illustrées de Balzac. *Paris, Marescq et
G. Havard*, 1851, 4 vol. in-4, texte à 2 col.,

dessins de Tony Johannot, Staal, Bertall, Daumier, etc., cart.

124. Les Contes drôlatiques, par de Balzac. *Paris,
Giraud*, 1853, in-12, demi-rel. basane bl.

125. Œuvres illustrées de George Sand, préfaces et
notices nouvelles par l'auteur, dessins de Tony Johannot et Maurice Sand. *Paris, Hetzel*, 1852-54,
3 vol. grand in-8, texte à deux col., figures, demi-
rel. v.

126. Henry Murger. — Œuvres. *Paris, Michel
Lévy*, 1851-1860, 7 vol. in-12 br. et en demi-rel.
bas. viol.

Scènes de la vie de Bohème. — Scènes de la vie de jeu-
nesse. — Adeline Protat. — Le pays Latin. — Les Buveurs
d'eau. — Le Sabot rouge.— Le Dernier rendez-vous.

127. Erckmann-Chatrian. — Romans populaires. —
Romans nationaux. — Histoire d'un Paysan. *Paris,
Hetzel*, 1870, ens. 2 vol. gr. in-8, figures, demi-
rel. v. rose et un vol. gr. in-8°, figures, br.

128. Champfleury. — Œuvres diverses. *Paris, Mich.
Lévy, Ach. Faure, Cadot*, 1852-1868, ens. 13 vol.
in-12, demi-rel. chagr. vert et br.

Contes domestiques. — Les Oies de Noël. La Légende de
Saint Crépin. Les deux Cabarets d'Auteuil, etc., 1 vol. — Les
souffrances de M. le professeur Delteil, les trios des Chemi-
zelles, les Rogotins, 1 vol. —Les aventures de Mlle Mariette,

1 vol. — Contes d'automne, 1 vol. — Ma tante Peronne,
1 vol. — Monsieur de Boisdhyver, 1 vol. — Les Excentriques,
1 vol. — Les bourgeois de Molinchart, 1 vol. — La Masca-
rade de la vie parisienne, 1 vol. — Le réalisme, 1 vol. —
Contes vieux et nouveaux, 1 vol. — Les sensations de Jos-
quin, 1 vol. — Les amoureux de Saint-Perrin, 1 vol.

129. **Les Travailleurs de la Mer**, par Victor Hugo.
Paris, Lacroix, 1866, 3 tomes en un vol. in-8,
demi-rel. v. fauve, tr. jasp.

130. Œuvres complètes de Fenimore Cooper, traduction de La Bédollière. *Paris, Gust. Barba,* s. d.,
3 vol. in-4°, texte à 2 col., figures, cart. dos toile.

131. Œuvres complètes de Voltaire. *Paris, L. Hachette,* 1859-1862, 35 vol. in-12 brochés.

132. Œuvres complètes de J.-J. Rousseau. *Paris,
Hachette,* 1858, 8 vol. in-12, cart. toile.

133. Victor Hugo. — Œuvres illustrées, notes et préfaces par l'auteur, dessins par J.-A. Beaucé, Gavarni, etc. *Paris, Hetzel,* 1853, 2 vol. gr. in-8,
figures, demi-rel. v.

— Les Misérables, illustrés de deux cents dessins.
Paris, Hetzel, 1867, gr. in-8, texte à 2 col.,
figures, demi-rel. v.

— L'Homme qui rit, illustrations de Daniel Vierge.
Paris, 1875, gr. in-8° br., texte à 2 col., figures.

— Quatrevingt-Treize. *Paris, Hugues,* 1877, gr.
in-8 br., figures.

— L'Année Terrible, illustrations de L. Flameng et D. Vierge. *Paris, Michel Lévy*, 1874, gr. in-8 br., figures.

— Ens. 6 vol. reliés et brochés.

134. Alexandre Dumas père. — Œuvres. *Paris, Michel Lévy fr.*, 1867-1875, 26 vol. in-12 br.

De la collection Michel Lévy à 1 fr. le vol.

La Reine Margot, 2 vol. — Les Quarante-Cinq, 3 vol. — Le chevalier d'Harmental, 2 vol. — La comtesse de Charny, 6 vol.

Impressions de voyage en Russie, 4 vol. — Suisse, 3 vol. — Le Véloce, 2 vol. — A Cadix, 3 vol. — Midi de la France, 2 vol.

135. Œuvres complètes de Edgar Quinet. *Paris, Pagnerre*, 1857, 10 vol. in-12 brochés (*manque le tome* 1er).

136. Œuvres de Alfred de Musset, ornées de dessins de M. Bida. *Paris, Charpentier*, 1867, gr. in-8, texte à 2 col., portrait et gravures, demi-rel. chagrin vert, tr. jasp.

137. Nouvelle Géographie universelle, la Terre et les Hommes, par Élisée Reclus. *Paris, Hachette*, 1876-1878, 3 forts vol. gr. in-8°, nombr. cartes et gravures, demi-rel. chagr. noir, plats toile, tr. jasp.

Tome I, l'Europe méridionale. Tome II, la France. Tome III, l'Europe centrale.

138. Atlas universel de géographie physique et poli-

tique, par Mentelle et Chanlaire, éditeurs. *Paris*,
1806, gr. in-folio, demi-rel. bas.

139. Le Tour du Monde, journal des voyages publié
sous la direction de M. Édouard Charton, *Paris*,
Hachette, 7 vol. in-4 brochés.

1er semestre 1860. — 2e semestre 1870-71, année 1872 et
année 1873.

140. Voyage autour du Monde : Australie — Java —
Siam — Canton — Pékin — Yeddo — San Fran-
cisco, par le comte de Beauvoir. *Paris, Plon*, 1873,
gr. in-8, cartes et gravures, demi-rel. chagrin
rouge, plats toile.

141. Voyages et Découvertes dans l'Afrique septen-
trionale et centrale, par le docteur Henri Barth,
traduction de l'allemand par Paul Ithier. *Paris*,
Bohne, 1861, 4 vol. in-4 brochés (le premier volume en livraisons).

142. Antiquités nationales ou Recueil de monuments
pour servir à l'histoire générale de l'Empire françois, par Aubin-Louis Millin. *A Paris, chez*
M. Drouhin, an II-an VII, 5 vol. in-4, nombr.
planches gravées, demi-rel. basane.

143. Histoire de France, depuis les temps les plus
reculés jusqu'en 1789, par Henri Martin. *Paris,*
Furne, 1860, 17 vol. in-8, portrait, demi-rel.
chagrin vert, plats toile, tr. jasp.

144. Augustin Thierry. — Œuvres. *Paris, Furne,* 1846-1853, 10 vol. in-12 rel.

Lettres sur l'histoire de France, 1 vol. — Récits mérovingiens, 2 vol. — Dix ans d'études, 1 vol. — Histoire du Tiers-Etat, 2 vol. — Histoire de la conquête de l'Angleterre, par les Normands, 4 vol.

145. Histoire des Français des divers États ou Histoire de France aux cinq derniers siècles, par A.-A. Monteil. *Paris, Lecou et Guiraudet,* 1852, 5 vol. in-12, demi-rel. basane bleue.

146. Mémoires de Mme de Motteville, par M. F. Riaux, nouvelle édition. *Paris, Charpentier,* 1855, 4 vol. in-12 br.

147. Histoire amoureuse des Gaules, par le comte de Bussy-Rabutin. *Paris, Delahaye,* 1857, 2 vol. in-12 cartonnés toile, non rog.

148. Mémoires de Claude Haton, publiés par M. Félix Bourquelot. *Paris, Imprimerie impériale,* 1857, 2 vol. in-4, demi-rel. chagrin bleu, plats toile, tr. jasp.

149. Les Historiettes de Tallemant des Réaux, seconde édition précédée d'une notice sur l'auteur, augmentée et accompagnée de notes et d'éclaircissements, par M. Monmerqué. *Paris, Delloye,* 1840, 10 vol. reliés en 5 vol. in-12, portraits, cart., dos toile, tr. jasp.

150. Mémoires du duc de Saint-Simon sur le siècle de
Louis XIV et la Régence. *Paris, Hachette*, 1858,
13 vol. in-12 cart. percaline.

151. Souvenirs de la marquise de Créquy, de 1710 à
1803. *Paris, Garnier*, 10 tomes en 5 vol. in-12
br. Portraits gravés.

152. Réimpression de l'ancien Moniteur. *Paris, Plon*,
1858, 20 vol. gr. in-8, texte à 2 col. et grav. Br.
Mq. les tomes 11, 12 et 13mes.

153. Histoire de la Révolution, par M. A. Thiers.
Nouvelle édition, dessins par Yan Dargent. *Paris,
Furne*, 1866, 2 vol. gr. in-8, texte à 2 col., grav.
et atlas in-4, demi-rel. bas. verte.

154. Album de vingt batailles de la Révolution et de
l'Empire, d'après les aquarelles de M. Yung. *Paris,
Plon, s. d.*, album in-4 cart. toile, 20 planches en
couleur.

155. Mémoires du maréchal Marmont, duc de Raguse,
de 1792 à 1841. *Paris, Perrotin*, 1857, 9 vol. in-8
brochés.

156. Histoire de Lille et de la Flandre wallonne, par
Victor Derode. *Lille, Vanackere*, 1848, 3 vol. in-8,
grav. demi-rel. chagrin vert.

157. Œuvres diverses de Victor Tissot. *Paris, Dentu*,
1876 et 1878, 4 vol. in-12 br.

Voyage au Pays des Milliards. — Les Prussiens en Allemagne. — Vienne et la Vie viennoise. — Voyages aux Pays annexés.

158. Manuel d'Histoire ancienne de l'Orient , par François Lenormant. *Paris, A. Lévy*, 1869, 3 vol. in-12 demi-rel. chagrin viol.

159. Antiquités gauloises et romaines, par M. Grivault. *Paris, Buisson*, 1807, in-4 de texte et atlas in-fol. de 26 pl. grav., demi-rel. v.

160. Généalogie de la famille de Coussemaker et de ses alliances. *Lille*, 1858, in-4 cartonné, planches et blasons en chromolith.

161. Manuel du libraire et de l'amateur des livres, par Jacques-Charles Brunet. *Paris, Firmin Didot*, 1865, 6 tomes en 12 vol. in-8 brochés.

162. Nouvelle Biographie générale depuis les temps les plus reculés jusqu'à nos jours, publiée par MM. Firmin Didot frères, sous la direction de M. le docteur Hoefer. *Paris, Firmin Didot*, 1857-1866, 46 vol. in-8 demi-rel. bas. verte, plats papier.

163. Les Contemporains, par Eugène de Mirecourt. *Paris, Havard*, 1855, 20 vol. in-32, portraits, demi-rel. basane bleue, tr. jasp.

164. Encyclopédie moderne, dictionnaire abrégé des sciences, des lettres, des arts, de l'industrie, de l'agriculture et du commerce, publiée par MM. Firmin

Didot frères, sous la direction de M. Léon Renier. *Paris, Firmin Didot frères*, 1855-1862, 45 tomes en 25 vol. in-8 reliés demi-chagrin, plats papier.

Encyclopédie, 27 tomes en 14 vol. et atlas, 3 vol. — Supplément, 12 tomes ou 6 **vol** et atlas, 3 vol.

Imprimerie D. BARDIN, à Saint-Germain.

RED. :

19

graphicom

MIRE ISO N° 1
NF Z 43-007
AFNOR
Cedex 7 - 92080 PARIS-LA-DEFENSE

0 1 2 3 4 5 6 7 8 9 10

BIBLIOTHEQUE NATIONALE DE FRANCE

****

CHATEAU DE SABLE

1995